无敌钥匙奶奶：典藏版．第二季

钥匙奶奶的魔法俱乐部

[日] 手岛悠介 著
[日] 冈本飒子 绘
林少华 译

人民东方出版传媒
People's Oriental Publishing & Media
東方出版社
The Oriental Press

图字：01–2023–2519号

图书在版编目（CIP）数据

无敌钥匙奶奶：典藏版．第二季．钥匙奶奶的魔法俱乐部 /（日）手岛悠介著；（日）冈本飒子绘；林少华译．—北京：东方出版社，2023.10
ISBN 978–7–5207–3556–8

Ⅰ．①无…　Ⅱ．①手…②冈…③林…　Ⅲ．①童话—日本—现代　Ⅳ．① I313.88

中国国家版本馆 CIP 数据核字（2023）第 127510 号

无敌钥匙奶奶：典藏版．第二季
（WUDI YAOSHI NAINAI: DIANCANGBAN. DI-ER JI）

作　　者：[日] 手岛悠介
绘　　者：[日] 冈本飒子
译　　者：林少华
策 划 人：黄　娟
责任编辑：潘朵朵
责任审校：曾庆全　孟昭勤
出　　版：东方出版社
发　　行：人民东方出版传媒有限公司
地　　址：北京市东城区朝阳门内大街 166 号
邮　　编：100010
印　　刷：北京文昌阁彩色印刷有限责任公司
版　　次：2023 年 10 月第 1 版
印　　次：2023 年 10 月第 1 次印刷
开　　本：880 毫米 ×1230 毫米　1/32
印　　张：35.5
字　　数：200 千字
书　　号：ISBN 978–7–5207–3556–8
定　　价：240.00 元（全 10 册）
发行电话：（010）85924663　85924644　85924641

译 序

这套“无敌钥匙奶奶”系列故事，是写给小学生，尤其是低年级小学生的课外读物。一套十本。除了“钥匙奶奶”，每本出场的小学生和老师等人的名字各不相同，故事也不一样。因此，既可以作为系列故事阅读，又可视为各个相对独立的故事。

故事有很强的现实性，几乎每本都围绕儿童成长过程中时常遇到的一个问题展开。比如本来学习数一数二的孩子考试突然考了“35分”时应该怎么办？受到老师意外严厉的不公平的批评时应该怎么办？被同学误会了而自己又很难解释时应该怎么办？遇到个别同学对刚来的转学生或者外国学生不够友好时自己应该怎么办？爸爸妈妈因为工作忙而无法给自己办生日庆祝会时应该怎么办？同学患病的弟弟相信世界上真有圣诞老人并且想在平安夜见圣诞老人时自己应该怎么办？自己养的宠物狗被坏人拐跑时应该怎么办？去外国旅行时碰上莫名其妙或者感到害怕的场景时应该怎么办?

也就是说，这十本书关乎学习，关乎爱心，关乎勇气，关乎友谊，关乎同学之间的交往，关乎师生之间的关系，关乎求知欲、好奇心和想象力，也关乎亲子之间的理解和情感。对此，书中不仅提出了令人心悦诚服的解决方案，而且故事本身不落俗套，十分引人入胜。作者以敏锐的感觉、轻灵的笔触、温馨的情思刻画出了一个个善良勇敢、蓬勃向上、生动可爱的男孩儿女孩儿形象，为儿童的成长提供了许多有益的启示。

与此同时，“无敌钥匙奶奶”系列故事还有明显的童话元素。这集中体现在“钥匙奶奶”身上。她无所不能，来去无踪，总是在“钥匙孩儿”（因父母上班不在家而自己带钥匙的孩子）最需要帮助的时候忽然出现，又忽然消失。对于孩子——当然包括非“钥匙孩儿”——钥匙奶奶既是奶奶，又是妈妈、姥姥以至所有关心下一代的成年人的化身。她慈祥、坦诚、机智、幽默，不仅在现实生活中为孩子们排忧解难，而且以丰富的知识和阅历在思想品德上言传身教，告诉孩子如何做人，激发孩子的求知欲和想象力。前面说了，钥匙奶奶是唯一贯穿十本书的主人公。她像黄昏时分绚丽的夕晖，照得每个孩子发出动人的光彩，又像夜半旅途远方的灯火，引导孩子迈出坚实的脚步。

在这个意义上，这套书可以说是非童话体裁的童话，是极具日常现实性的童话。

曾几何时，童话字里行间静静流淌的小溪，滋润着你心间刚刚萌发的幼苗；童话纸页闪烁的点点银星，引发过你无边的遐思和幻想。而同时激起的初心和人生图像，无疑是你一生最可宝贵的精神财富。而现在，网络上的图像和视频在很大程度上消解或固化了童话催生的内心视像，限制了跳跃性思维的生成和发展。

跳跃性思维关乎悟性。什么是天才，天才就是悟性好的人。即使在这个意义上，也要回归童话，回归文字阅读。说绝对些，没有文字阅读，就没有童话。

文字阅读，当然要阅读好的文字。尤其是儿童，更要阅读好的文字。这是因为，儿童的语感、语言感受力十分稚嫩、敏感和脆弱。如果经常接触不适当的语言文字，势必影响儿童语感的萌发和形成，进而影响对于语言文字的审美感觉。也就是说，语感关乎美感，而美感关乎幸福感。幸福从何而来？无须说，在温饱不成问题的前提下，更多地来自日常性审美感受和审美能力。而语言文字审美占了其中很大一部分，甚至是其他审美感受的基础。

举两个最简单的例子。早上出门碰上好天气时，想起“天朗气清，惠风和畅”的人相比于想不起来的人，肯定要高一个审美层次。同样，看见一轮明月，想起“明月几时有”，看见晚霞，想起“落霞与孤鹜齐飞”的人，肯定比想不起来或者无动于衷的人多几分幸福感。正是在这个意义上，我曾说如果一个人不懂宋词之美，那可真是赔大了、损失大了——那等于主动放弃了几乎不用花钱就能得到的幸福感、“不劳而获”的幸福感！

然而必须说，现在的儿童读物、儿童文学，好的文字、好的语言似乎不是很多。至少我接触的翻译作品，情况大体如此。可能有不算很少的作者、译者觉得反正是给小孩子看的玩意儿，何必那么较真儿！而我认为，大人看的东西倒也罢了，而给儿童看的，必须较真儿，怎么较真儿都不为过。正是出于这样的认识、这样的使命感——请别怪我狂妄——我接受了东方出版社的翻译邀请，七十岁的我得以“冒充”七八岁、十来岁的儿童来翻译这一本书。这让我重拾童心，重回童年少年岁月，那真是一种妙不可言的幸福感。

但愿无数小读者在读的过程中，也会获得妙不可言的别样幸福感。我期待着！

林少华

二〇二三年于乡间书屋

时九台秋高气爽花果飘香

（林少华，文学翻译家，散文家，学者，中国海洋大学教授。祖籍山东蓬莱，1952年生于吉林九台。毕业于吉林大学研究生院。曾任教于暨南大学、长崎县立大学，亦曾在东京大学从事学术研究。著有《落花之美》《为了灵魂的自由》《乡愁与良知》《高墙与鸡蛋》《雨夜灯》《异乡人》《小孤独》《林少华看村上：从〈挪威的森林〉到〈刺杀骑士团长〉》《言之无文行而不远》《林少华的文学课》。译有《挪威的森林》《海边的卡夫卡》《奇鸟行状录》《刺杀骑士团长》等村上春树系列作品，以及《心》《我是猫》《罗生门》《雪国》《金阁寺》《失乐园》《在世界中心呼唤爱》等日本名家作品凡一百余部，广为流布，影响深远。2018年以其杰出的翻译成就和对中日文化交流的贡献获日本“外务大臣奖表彰奖”。）

目录

“鹅们，安静！”

五月——希望的季节，生机勃勃，满目新绿。可是，从班主任林健一老师那里听到“野鸭行列云”的阿凉和星太，走在放学路上，总觉得脸上潮乎乎的。

所谓“野鸭行列云”，指的是像黑野鸭母子行列[①]那样排成一队飘浮的云絮。那是城市区域被污染的空气在周

① 编者注：指鸭妈妈走在前面，一队小鸭跟在后面。

围冷空气的降温作用下形成的。就东京来说，主要出现在环状八号线一带的上空。

阿凉说：“野鸭行列云变成酸性雨雾，会让山上的树木枯死。眼下，地球的绿色越来越少。”

星太回应说：“阿凉，科学正在进步，很快就会出现净化空气的大大的净化器，可以把它安在大楼的楼顶。把汽车也都弄成电气车、氢能车就可以避免环境污染问题！”

作为小学三年级学生，两人的交

谈够高级的。谈着谈着，他们很快走到了中央公园。公园树木的新叶正和清风嬉闹着闪闪发光，仿佛证明两人的担忧完全不现实。

一位老奶奶一动不动地盯着走进公园的阿凉和星太。

“哦？那两个孩子的脸上写着《钥匙奶奶的魔法俱乐部》。怎么回事呢？莫不是他俩喜欢魔法……？”

歪头沉思的这位老奶奶，正是钥匙奶奶。她穿着一件鲜亮的蓝色大衣，提着一把粉色伞，挎着黑色手提包。

钥匙奶奶沉思了一会儿，然后摇了一下脑袋，像有什么急事似的迈着轻快的小步，一路朝图书馆那边走去。

中央公园的南面有个给小孩子看的儿童动物园。里面养着矮种马、山羊、

绵羊、兔、鸡、鹅等，都是性格温顺的动物。

阿凉和星太从“鹅池”走过时，几十只鹅不知是肚子饿了，还是受到惊吓，“嘎嘎”叫得很欢。

“好吵啊！怎么了？”

星太从护栏外盯视“鹅池”。阿凉调皮地大声命令它们：“鹅们，安静！”

这一来，鹅们的大合唱顿时停了下来。

星太吃惊地说：“鹅不叫了。哎，你能跟动物对话！我不知道你还有这种特异功能。”

“偶然吧。是不是因为刚才声音大？”

阿凉自己也吃了一惊。

这时，一个女孩儿快跑过来，手里提着一个黄色手提包。

星太说："是千晴，大概是去补习学校吧！"

千晴是一个看上去很文静的女生，第一学期刚转学过来，好像还没有交到朋友。听说转来不久她妈妈就住院了，她和爸爸一起做饭，照看上幼儿园的弟弟。

注意到他俩的千晴笑了笑，刚要走过时，有女孩子向千晴打招呼："千晴，去哪儿？"

打招呼的是不怎么和班上同学一起玩的"三人帮"：阿渚、阿蓝和畅子。

“去学钢琴！”

“骗人！我知道的。”

阿渚冷冷地说。

“千晴你是去超市买东西吧？不好意思拿超市购物袋，就把肉啊、蔬菜啦装进那个好看的手提包，是吧？”

“瞧你！真的是去学钢琴。每个星期三的钢琴课，我都要去。我现在快要迟到了……”千晴脸色发青地回答。

阿凉和星太往那边走去。

阿渚说：“大家都说你是‘主妇’，

你知道吗？”

阿渚瞥了一眼阿凉他们，突然换个声调：“也够你受的啊！又是看望母亲，又是接送上幼儿园的弟弟。我们可是想和你交朋友的。”

星太站在千晴身旁说：“千晴，没人说你是‘主妇’，听也没听过。”

“什么哟，你俩……！”阿渚凶巴巴地瞪着星太，“人家正说话的时候凑过来，少说没礼貌的话！”

“我、我得走了……”千晴一副战战兢兢的样子，逃跑似的迅速离去。

阿渚厉声对星太说："人家说想和千晴交朋友，你有什么权力打扰！"

"不是在欺负千晴吗？我听着呢！"星太反驳。

"男孩子想必不懂的。像千晴那种奶声奶气的所谓好女孩儿，女孩子是看不顺眼的。但因为她是转学生，我们觉得她怪可怜的，就和她说话。可星太君你有点儿过分了！"

"是啊，我们本想和她交朋友……"

阿蓝和畅子异口同声。

星太为难地眨巴眨巴眼睛，但还是绷起脸说：

“过分的是你吧？说‘主妇’什么的。”

“星太，走吧！”阿凉插嘴说。

阿凉不喜欢争吵，一开始就心惊肉跳。

“啊，那走吧！拜拜！”

星太说罢，两个人离开“三人帮”，快步走了起来。

这件事让人十分不快，留下一股苦涩味儿。

千晴早退了

第二天早上的教室。星太在大家面前兴致勃勃说个不停："于是，阿凉朝着吵吵嚷嚷的鹅群大吼：'鹅们，安静！'结果鹅们顿时安安静静。"

"别再说了，那纯属偶然哟！"阿凉捅了一下星太的后背。

但星太还是往下说："阿凉能和动物对话。你们不认为这是特异功能吗？"

“那是真的？”

理绘眼睛滴溜溜地直转，插嘴说道。

理绘长得高大壮实，浑身充满朝气，雷厉风行，而且对心灵术那样的怪事很感兴趣。她和阿凉从幼儿园时期就是朋友。

“喂，阿凉，你能跟动物对话，真的吗？”

“不至于！星太他太夸张了。”

这时，林健一老师走进教室，理绘赶紧说：

“阿凉，一会儿有话跟你说，别不理我！”

老师开始点名。千晴和阿渚仿佛昨天那件事没发生似的泰然自若。

接下去，是提交“早晨健康表”。林老师对每天的生活和健康十分在意，学生每天早上必须在老师做的表上画“○”。你也一起来好不好？

早晨健康表

早晨是宝贵一天的开始，你的早晨怎么样？

【起床】①按时起床。②延迟起床。③睡懒觉。

【刷牙】①认真刷牙。②匆匆刷牙。③没刷。

【早餐】①吃得很香。②没怎么吃。③什么也没吃。

【排泄】①排泄完毕。②没排。（没排的原因：①不想排。②没时间。）

老师曾问“排泄”的意思明白吧？于是大家把这张表叫“早晨拉撒表”。

林老师说：“老师想过了，上体育

课时唱一支声援歌怎么样？跳箱也好、单杆也好，反正对表现出色的同学唱歌声援一下。大家给班上每一个人创作一支声援歌。你们觉得如何？”

“全班35人，要创作35支歌？”星太问。听那口气，仿佛在说那怎么可能。

“旋律一曲即可。配合旋律创作各自不同的歌词。实话说，曲已经有了。”

老师笑嘻嘻地把收录机放在讲台上。

“注意听喽！”

旋律似乎连蹦带跳地流淌出来。两拍，生动活泼，虎虎生威，正好用来声援。

“听着来劲儿！老师这是您作的曲吗？”理绘问。

笑声响起。

“倒是想说是我做的，但我是乐盲，所以求了教音乐的山下老师。怎么样？给全班每一个人创作一支歌，大家赞成吗？”

“赞——成！”

教室里声音高涨。看来大家对这个创意很中意。

老师接着说：“问题是，怎样才能写出 35 支声援歌的歌词呢？”

于是，大家开始商量。

结论是：从候选人当中投票选出七人组成“声援委员会”。主要由委员们构思歌词。但谁都可以为自己喜欢的人写歌词——写多少支都行——然后交给委员会。歌词截止日期为下星期一。

被选为委员的，全是喜欢语文和

音乐的人。肯定能为每一个同学写出绝妙的声援歌。

休息时间理绘、户智和真由三人简直像海啸似的一齐涌到阿凉和星太身边。

“阿凉，我们组织了一个俱乐部。你猜是什么俱乐部？”

“知道，理绘搞的，必是心灵俱乐部。”阿凉随口说了一句。

理绘眼睛睁大一倍：“猜中了！阿凉，你这人果然有心灵感应。这个俱乐部嘛，进行精神力和透视力实验，研究占星术和心灵术。眼下有三人，我打算扩大规模。名字叫‘钥匙奶奶的魔法俱乐部’。”

户智美滋滋补充一句：“名字是我想的。”

星太咧嘴一笑：“那钥匙奶奶会来俱乐部吗？”

户智鼓起鼻翼：“如果说‘钥匙奶奶’，那么就有人想进俱乐部吧？类似一种广告。”

阿凉问理绘：“理绘，你说有话说，是要说什么？”

“求阿凉三件事。第一件，希望你加入魔法俱乐部。第二件，希望把和鹅对话的实验再做一遍。第三件，希望接受我们的心灵测试。”

“不，我是不相信什么魔法什么心灵术那玩意儿的哟！”

“那钥匙奶奶也不相信喽？”

“钥匙奶奶我顶顶喜欢！可是，喜欢看故事和相信故事里的钥匙奶奶，同相信世上真有特异功能和魔法，那不是一回事吧？”

“这么说，阿凉，你是拒绝我们三人请求了？”

阿凉抱歉地说：“呃，我是觉得对不起……”

“起码应该接受吧！毕竟是幼儿园时代的朋友，是吧？你肯定有心灵能量。”

星太从旁边插嘴：“理绘，那个魔法俱乐部，我加入可好？和鸟对话我是不会，但我想接受心灵测试。”

“不过，星太君，你好像不怎么具有特异功能。”

星太做出就地晕倒的样子。

真由一本正经地说："理绘，反正是要扩大的，就加上星太君吧。说不定能当实验的帮手，还能跑跑腿什么的。"

"我当帮手、跑跑腿？"

星太又做出"嗵"一声往前扑倒的样子。

阿凉说：

"那我接受测试就是。特异功能我是没有的哟，不碍事吧？"

"有没有，看了测试结果再判断。

那么，我们三个人等你，唔——今天下午四点左右来我家。星太君也不去补习学校吧？不来和阿凉一起接受测试吗？”

“衷心感谢！”星太煞有介事地致谢。

“不过，今天就做，可是够快的啊！”

听阿凉说罢，理绘愉快地笑了，脸上现出小酒窝：“都是钥匙孩儿吧？应该晓得时间的宝贵。”

理绘“台风”过后，上课铃响了。

尽管离老师进来只有一点点时间，但阿渚还是走到千晴旁边。阿凉见了，心里一惊——阿渚在说什么。

阿凉不动声色地竖起耳朵。阿渚的声音时断时续地传来耳边。

“‘主妇’好厉害啊……健康表……怕是满分吧！”

接下去是千晴的声音：“满分什么呀……早晨的健康表，又不是考试，是吧？”

“你的声援歌……想好了……怎么样？早上早早起，快快烤面包，送弟弟去幼儿园别迟到……加油、加油、加——油……”

阿凉听得一股心头火起，越烧越旺，回头一看，千晴一下子趴在了桌子上。

一转眼，阿凉碰上了阿渚的目光。阿渚突然把脸转向一边，表情活像冰冷冷的日本人偶。

阿凉恨不得说句什么，却无能为力，就连瞪她一眼都没做到。

意想不到的事发生了。

千晴轻轻站起来，把课本收进书

包，走出教室。动作快得几乎谁也没觉察到。

千晴早退了。怎么办？

阿渚竟然对她说那种话，她理所当然忍受不了。对于阿渚的憎恶在阿凉胸间熊熊燃烧。

老师很快走进教室，说：“千晴不大舒服，早退了。想必累了。大家平时一定要注意健康！”

因为在意阿渚的眼神，阿凉和星太讲起这件事，已是午休时间了。

他把阿渚和千晴的事整个说了一遍，包括令人不快的声援歌。

“星太，阿渚的事，是不是最好跟林老师讲一下？老师以为千晴病了。”

“可是，如果老师提醒阿渚，阿渚就会认为是千晴报告的，会更欺负千晴。”

“不过星太，万一千晴不上学了，那可怎么办？由我们跟阿渚说一下？”

“千晴不是不上学的那种人。再观察一阵子吧！要是全班知道了，不知阿渚会做出什么事来。”

“要是今天不约定去理绘家就好了。”

于是，星太安慰阿凉：“话别这么说！毕竟理绘约的，很可能给咱们钥匙孩儿准备蛋糕什么的。”

听了星太开的玩笑，阿凉稍稍现出笑容。

星太补充说：“我嘛，蛋糕吃不来。说不定会把阿渚的事跟理绘她们说了，你也留意哟！”

理绘的“特异功能”测试

下午四点多，在理绘家的公寓套间里，魔法俱乐部三人和阿凉、星太共五个人，津津有味地吃着奶酪蛋糕——星太言中了。

理绘说：“阿凉，你好像无精打采的，出了什么事？”

不愧是“钥匙奶奶的魔法俱乐部”的会长，理绘一眼就看出阿凉心头的阴影。

阿凉也不好回答什么，一副为难的样子。星太帮他说：“野鸭、野鸭嘛！听了野鸭行列云以后，阿凉一直担心地球空气。”

理绘笑道：“阿凉，现在测试不要紧吧？有了担心的事，心的功能会迟钝起来。这种时候要深呼吸，气沉丹田，慢慢吸气、吐气。我先拿扑克牌来。”

阿凉一本正经地闭起眼睛做深呼吸。心果然柔软起来，感觉似乎变得安稳平和。

理绘折回，开始洗牌。

“那么，从星太君开始。我给你看扑克牌的反面，你来透视牌的颜色是红是黑。户智，你打‘○’或‘×’。”

星太现出紧张的神情。“一副扑克牌，不算大小王共有52张。全来一遍？”

“是的。好了，这张，红？黑？”

理绘把一张扑克牌放在桌面上。

“红！”星太叫道。

理绘背对星太翻开来，牌上是黑桃8。因为是黑色，户智在记录本上画了“×”。如此向前推进。星太的正解“○”为21个，“×”为31个。

理绘同情地说：

“星太君，回答或红或黑，二选一。因此，概率是二分之一。一共52次，要对26次才行。你才对21次，所以你好像没有透视力。”

“那种能力，没有也无所谓，我宁肯做一个普通人。”星太不肯服输。

真由扑哧一笑：

“说到底，星太还是适合当魔法俱乐部的助手，是不？”

“我可没说要加入俱乐部！”星太噘起嘴来。

接下去是阿凉。户智出牌，理绘记录。

结果阿凉的成绩是：正解“○”为30个，“×”为22个。理绘双眼放光：

“厉——害！阿凉的透视力出类拔萃！到底是有特异功能的哟！那么，下面是心灵感应测试。”

理绘取带有●▲■十★的五张牌。

“那么，从星太君开始。把带有圆、三角、四角、十字、五角星的牌一张张递给真由。真由把图形牢牢印在脑海里，以心灵感应向星太君传送。

星太君接收后回答。一共 10 次。”

测试开始了。真由看着接到手的牌，以祈祷般的表情注视星太。星太认认真真地做出仿佛达摩瞪眼般的可怕神情瞪视着真由的脸，很快吼叫似的回答：

“五角星！”“三角！”“圆！”“十字！”

每个 10 次，一共 50 次。成绩是：正解“○”12 个，“×”38 个。

理绘点一下头说：

“比一般人多少强一点点。牌是 5 张，概率为五分之一。每张 10 次，一共 50 次，正解 10 次为一般。而星太君为 12 次，还算过得去。”

“什么呀，‘还算过得去’！别让我听我老妈看成绩通知单时那样的口气！”星太表示不满。

听得大家都忍不住笑出声来。

其次是阿凉的心灵感应测试。

阿凉到底紧张起来。他虽然不相信魔法般的特异功能，但觉得心灵感应和精神力强弱之人还是有的。镇定！他提醒自己。

阿凉以坦诚的心情看着真由。真

由脑门儿似有●、★浮现出来——那感觉很是奇妙。

50 次测试的结果，正解 18 次之多！

“阿凉，特异功能拥有者！”户智大声宣布。

“钥匙奶奶的魔法俱乐部的会长！”真由说。

理绘深思之后说：

“阿凉，做一下精神力测试可好？你发送精神感应，我来接收。”

阿凉诚心诚意地发送●、十。五次之中有四次理绘正确接收。她叹了口气说：

“阿凉的眼睛像闪电一样有三角、五角星向我飞来。阿凉，你是天才，有特异功能的天才！”

“特异功能”灵验了！

这天夜晚，阿凉房间的桌子上放着声援歌的乐谱。说起能为千晴做的事，只能是把这歌词写得合她的心意。阿凉决定为此倾注心血。

然而，适合千晴的词语竟一个也浮不上脑海。耳畔总有阿渚的坏心眼儿歌词挥之不去，他叹息一声，放下铅笔。

妈妈还没回来。

星太说千晴不是不上学的那种人。

但人是那么坚强的吗？千晴趴在桌子上，肯定哭了。

千晴的妈妈得了什么病，住在哪里的医院呢？

但愿快快康复。忽然，他想起刚才的心灵测验。

虽然没加入俱乐部，但大家都夸自己拥有特异功能。自己知道扑克牌的颜色，看得见真由脑海里的圆和三角，而且能把那些图形准确无误地发送给理绘，自己都为此感到不可思议。

莫非自己真有较强的精神穿透力……？

测验给予了肯定的回答。类似自信和能量那样的感觉涌了上来。

阿凉想为千晴的妈妈祈祷。他闭目合眼，合起双手，默默念道：

请快快康复、请快快康复……

睁眼一看，一种实实在在的自信充满心间：千晴妈妈的病真的已经好了！

我是特异功能的拥有者！

阿凉再次闭起眼睛，双手合十。

“请给阿渚以惩罚！不要让阿渚再欺负千晴！”

阿凉持续默念。

阿凉一进早上的教室，椅子上坐着的千晴马上扑进眼帘。太好了！阿凉心里一块石头落了地，觉得全世界都好像一下子大放光明。

这一天是星期五，全天风平浪静地过去了。无论千晴还是阿渚，表现都一如往常。若说有什么变化，不外乎阿凉和星太在理绘的劝说下加入了钥匙奶奶的魔法俱乐部。

上完课，阿凉和星太一起回家。

远处传来救护车的笛声。因为附近有一家大医院，倒也听惯了。

救护车来到体育馆跟前时，笛声就在身旁响了起来，他们眼看着一辆救护车飞驰而去。路旁倒着一辆黑色摩托。

“交通事故！畅子在那边。阿凉，去看看！”

两侧人行道聚集了很多人。背着书包的畅子站在那里。

“畅子，发生什么了？”

听到星太的声音，畅子回过头来，脸白得像一张纸。

“阿渚……阿渚她没注意信号，给

摩托车撞了……！”

“阿渚……？！伤势如何？！”星太问。

畅子浑身颤抖不住：

“伤势不清楚。骑摩托的人也上救护车去医院了。阿蓝、阿蓝跟去了……”

阿凉像给巨手打了一巴掌，呆呆站着不动。

阿渚遭遇交通事故？难道……！

“阿渚情况怎么样？怎么样了？”

无论星太怎么问，畅子都只是摇头。

阿凉的心也和畅子一样颤抖。

让阿渚遭遇事故的人是我！是这个我！

阿凉不由得想捂住耳朵。

“请给阿渚以惩罚……请给阿渚以惩罚……请给阿渚以惩罚……”

昨晚默念的可怕话语翻来覆去在阿凉耳边响起。

阿凉像梦游患者似的踉踉跄跄往家里走去。

他垂头丧气地进了楼门，开了房门锁，脱下网球鞋，走进自己的房间，情不自禁地呻吟起来。

“我动用了那污秽的黑色精神力！请让阿渚受的是轻伤……请让阿渚……”

他双膝瘫软，跪在地上祈祷起来。

这时，窗外传来女高音的歌声。有人边走边唱，旋律就是声援歌的旋律。

哪怕惊涛拍岸　哪怕巨浪滔天

飞吧　展开希望的翅膀

和朋友并肩同行　金色的小鸟哟

快飞　飞向阳光灿烂的明天

加油　千晴　加油　加油　千晴

阿凉心里一惊。唱的是为千晴写的声援歌。歌声越来越近。阿凉慌忙开窗。

他朝窗外一看，钥匙奶奶笑着站在楼门那里。

“阿凉君，我来晚了吧？”

钥匙奶奶的笑脸是那般慈祥，就像是蛋筒冰淇淋。

“钥……钥匙奶奶……！”

阿凉以颤抖的声音喊道。

“打扰来了！”

钥匙奶奶进了楼门，从黑手提袋里“哗哗啦啦”掏出钥匙串，轻松地打开房门，走了进来。

“钥匙奶奶，这边是客厅！”

钥匙奶奶对想把自己领进客厅的阿凉说：

“还是去厨房好吧，钥匙奶奶要做

拿手菜，没有煤气没有水龙头的客厅怎么行呢？”

“可我肚子还不饿。我来泡茶吧！”

“乖，阿凉好有教养！”

但钥匙奶奶还是“噔噔噔”走进厨房，开始把食材摆上餐桌。

“阿凉肚子怎么还不饿呢？应该是放心不下阿渚吧？”

钥匙奶奶以温情脉脉的目光看着吃惊的阿凉。

“阿渚嘛，一点儿也没伤着，星期一就会好好上学，你会看见的。”

“阿渚……阿渚没有受伤？”

“没有，没受伤。轻微脑震荡。检查结果一切正常。骑摩托的小伙子，也只是一点点刮伤。”

难以置信的好消息！

“怎样？食欲上来了吧？”

听钥匙奶奶这样问，阿凉脸红了，低下了头。

餐桌上摆着鸡蛋、鳄梨、蛤仔、丛生口蘑、花椰菜、柠檬、面包、红薯、梅干。

钥匙奶奶边扎围裙边说：

“想给阿凉做一顿清淡的健康饭菜。早晨的健康表‘排泄’那一栏，阿凉是在‘没排’‘不想排’那里打‘○’的吧？所以，得给你做有营养又帮助排泄的东西。”

阿凉脸又红了。

连环画剧
——《幽灵的本来面目》

不大工夫美味就做好了——黄油煎的鳄梨鸡蛋卷，掺有鸡蛋、牛奶、砂糖的炸面包片。还有用砂糖煮的洋李、红薯、柠檬，这对肠胃尤其有好处。

另有用蛤仔、丛生口蘑、花椰菜做的中国风味“海鲜汤”。

钥匙奶奶说：

“没有一样不好吃，多吃多吃多多吃！对了……”说着，钥匙奶奶从黑手提袋里拿出大幅连环画剧。

“表演《幽灵的本来面目》吧！边吃、边看、边听，好吗？”

令人期待的连环画剧开始了。

说起来，一边享用钥匙奶奶做的美食，一边一个人看连环画剧，这是多么奢侈的事啊！

■胆小鬼往往更喜欢鬼怪故事，却又怀疑鬼怪是不是真有。罗普就是这样一个年轻人。

罗普听说山间温泉小屋里有鬼。

“好，去那里证明一下根本没有什么鬼！”

■快要倒塌的山间小屋。

罗普在“吱吱呀呀”的床上躺下，点亮一支蜡烛，还多此一举地看起了《世界最可怕的故事》。

空隙风从破洞的窗扇“呼呼”吹来，

吹得烛火摇来摇去。而书中的故事也越采越可怕了。胆小鬼罗普浑身哆嗦起来。

■这时，一个叫麦克的村民发现屋里有烛光，觉得奇怪，于是从窗口往里窥看。烛光影里现出罗普铁青铁青的脸。

麦克“哇——”一声惊叫，连滚带爬跑下山去。

■罗普听见窗口传来让人心惊胆战的叫声，往外一看，看见麦克大惊失色的脸。

“鬼来啦！”罗普骨软筋麻，四肢着地，连滚带爬地逃回山下家中。

■山下有一家村子的酒馆。终于放下心来的罗普耳边传来客人的说话声——大概是村里的人——一个身材牛高马大的男

子说：

“那么，麦克，山间小屋里的鬼怪是怎样的家伙？”

“吓得我没看清楚。不过好像年纪不大。”

回答的是麦克。但，罗普不晓得是麦克。

“鬼怪成了传言，温泉客人大大减少。所以，这样如何？我们这就去那山间小屋查看查看！”

“好，去！”男人们说。想必是醉意上来了。

[redacted]罗普对大家说：“我是研究鬼怪的，我也看见了。鬼非常吓人，也请把我带去！”

[redacted]每个人都拿着手电筒、火枪或棍棒，队伍出发了。

大家心惊胆战地在山间小屋中查看了半天，发现的只有小半截蜡烛和一本关于鬼的书。罗普点亮蜡烛，坐在床上说：

“鬼就是从那个窗口往这边看的。”

[redacted]看见蜡烛的火苗照射下的罗普的脸，

麦克惊叫：

“就是这家伙，这家伙就是鬼！注意，别上当受骗。这家伙就是鬼！”

那么，往下罗普会怎么样呢?

“特异功能”的真相

阿凉一边满满塞了一嘴煎蛋卷一边问：“罗普到底怎么样了呢？”

“那个，钥匙奶奶也不知道。不过，要是罗普和麦克没在酒馆里碰见，那么两人必定相信这世上真的有鬼。”

钥匙奶奶紧紧盯着阿凉的眼睛。

“阿凉，心灵测试取得了好成绩，很高兴吧？但是，不是测试十次二十次，而是测试几千次几万次再看看，

准确率会差得越来越大。

“举例说，扑克牌红黑概率为二分之一。一开始就能分出准不准的吧？十次说准十次，就会有人相信自己拥有特异功能，是吧？

“可是，无论是成绩好的阿凉君，还是被大家说没有特异功能的星太君，如果重复一万次，那么正解和误解的次数都会在5000次左右，接近二分之一概率。”

“那、那您是说我不具有特异功能了？”阿凉一本正经地问。

“美国的海茵兹博士写了一本极好的书，书中不承认特异功能，谁都没有，这当然包括阿凉在内。所谓特异功能，是期望有那种能量的人的一个梦。”

“那么精神力呢？”

“很遗憾，那同样也是人的一个梦。阿渚不是由于你的精神力而遭遇事故的。阿渚和骑摩托车的小伙子两人都没注意，偶然造成了事故。就是这样，而阿凉却独自胡思乱想。这是不可以的哟！”

钥匙奶奶劝阿凉吃盘子里的东西。

“洋李最好再吃一个，为了早上的健康。”

“嗯，吃。好吃！”

钥匙奶奶开心地笑了笑，而后多少变得严肃起来：“人的确具有鼓励自己的自我暗示的能力、直觉力和想象力那类神奇的精神力量。但那和心灵术、特异功能什么的完全是两回事。”

阿凉似乎彻底清醒过来。阿渚因

为自己的精神力而遭遇事故——或许这么认为本身就是自高自大。

钥匙奶奶继续亲切地说道：

“不过，阿凉，钥匙奶奶的魔法俱乐部倒也没必要取消。心灵术是一种好玩儿的游戏。但是，以折汤匙闻名的尤里·盖勒也仅仅是魔术师，据说不开盖就能拿出瓶里的东西的中国头号特异功能拥有者张宝胜，也被学者揭穿了谎言。”

“那么占星术呢？”阿凉再次询问。

钥匙奶奶惬意地啜了一口茶说：

“人嘛，从婴儿学语、开始看图画书时开始，就创作自己的故事，创作自己命运的故事。谁都期望获得幸福。因此，在故事里边，自己是世界的中心，男孩儿想当王子，女孩儿想当公主。

“但人世间到处都有不安，都有讨厌的事和可怕的事，是吧？因此人们都很想悄悄确认自己的故事。这就是占卜产生的原因。偷看自己的命运——无论谁都满怀期待。是不是？”

钥匙奶奶继续往下说：

“可是，占卜终究是像海市蜃楼那样的东西。占星术是以两千年前的天文学为基础的，那和能弄清楚天上星星的状况的现代天文学相比，差别十分明显。阿凉的生日是三月份吧？”

“嗯，三月一日。”

阿凉紧紧盯着钥匙奶奶，想继续听下去。

“那么，阿凉是双鱼座。占星术中的星座，取决于生日那天的太阳和星座的关系。例如，双鱼座的人出生那天，太阳从天上十二星座中的双鱼座升起和落下。古代人认为三月份的太阳的住所是双鱼座。可是，两千年时间里，天体已经移动了一个星座的位置，阿凉出生的三月一日那天的太阳，是从水瓶座升起和落下的，是吧？所以，阿凉其实是水瓶座，算水瓶座的运气也许更合适。”

说的内容好像复杂起来。钥匙奶奶的声音，听起来如涛声一样柔和、亲切。

“所以，阿凉，不能写只考虑自己的‘黑色故事’。希望你写‘白色故事’——从各个方面考虑别人和自己、考虑人世间的事……”

蓦然回神，钥匙奶奶不见了。

手提包也好，连环画剧也好，鳄梨煎蛋卷也好，烤什锦面包片也好，海鲜汤也好，统统不翼而飞。怎么回事呢？

钥匙奶奶！您去哪里了？

阿凉如梦初醒般地站起身来，眼珠叽里咕噜地在房间里东张西望。

“蓝色的飞鱼”vs“金色的小鸟”

一如钥匙奶奶所说，星期一，阿渚上学来了。

“阿渚，早上好！”阿凉笑着打招呼。

也许是神经过敏，阿凉觉得千晴的表情也一片晴朗。想必她妈妈的病已经好转。

阿凉把为千晴写的声援歌交给声

援委员会。虽然不是自己写的。

“哪怕惊涛拍岸　哪怕巨浪滔天

飞吧　展开希望的翅膀”

是的，他提交的是钥匙奶奶唱的“千晴声援歌”。但不好意思写千晴的名字，写名字的地方空着。他向美加委员解释说：“名字写谁都可以的，能收下就很让我高兴。”

“好歌词！做我的声援歌好吗，我的还没有定下。阿凉你的歌，喏！”

美加委员从厚厚一沓纸里找出“阿凉声援歌”。歌词是这样的：

脚步坚定有力　心里充满朝气

跑吧　像赛马场的马

小旗在天空高高飞舞

跳吧　像野兔快快远去

加油　加油　阿凉　永远第一

阿凉有些失望。

为什么我非得像赛马场的马、像野兔一样不可呢？阿凉心里彻底失去

了朝气，伤心地说：“美加，谁写的我不晓得，反正委员会要改一改。”

“嗯，赛马不合适。那毕竟是供人看热闹的嘛！”

啊，我成了供人看热闹的？！

第二天看美加修改的歌词，只是“像赛马场的马”变成了“像草原的马”。

这不是精神力！不是精神力！阿凉自己说给自己听。

有一点让他不够释然——钥匙奶奶来的事，他就连星太也没告诉。

唱声援歌的这一天到来了。上体育课时，林老师像五月的晴空一样爽朗地说：

“今天接力赛。一人请假了，男生 18 名，女生 16 名，正好分成红白两队。无论男女，猜拳赢了的，红队；

输了的，白队！”

男生女生，非红即白。

阿凉和星太同属红队。千晴和阿渚，各属红白。

而且，作为第六棒，千晴和阿渚要互相竞争。会是怎样的胜负结果呢？

老师再次笑吟吟地说：

“声援歌集拿来了吧？头一次，要使劲儿唱！大家唱法不同，跑的人干劲也不一样。”

看来和接力相比，老师对声援歌

劲头儿更大。

也许是紧张的关系，阿凉心脏怦怦直跳。相比之下，星太虽是第一棒，但悠然自得地哼唱着什么。

乡间的赛马场　咚呛　咚咚呛

“怎么样，乡间赛马，加油哟！”

“星太，我可不是乡间赛马场的马！”

阿凉向星太抗议。星太的歌极有气势：“跑吧，金钱豹！跑在热带草原！”正合星太心意。

第一棒星太和阿纯站在起跑线上。以声援歌来说，就是“热带草原金钱豹”和“空中雄鹰”的决战。

“砰——！”

发令枪响了。“金钱豹”和“雄鹰”跑了起来。

声援歌也一句句唱了起来。不管怎么说，毕竟是头一次，调子还没上轨。

第一棒当然是“金钱豹”跑得快，他迅速交给第二棒。

岂料，不久第五棒阿凉起跑的时候，红队已经落后，声援阿凉的歌声格外响亮。

脚步坚定有力　心里充满朝气

跑吧　像草原的马

尽管声援歌唱得很响，但阿凉还是听成了“像乡间赛马场的马”。这一来，这里就成了“乡间的赛马场”。

这么着，阿凉进一步扩大了落后的差距，红队直到最后也没追上。

接下去是女子接力，红白对决。

同时也是声援歌的竞争。

娇滴滴的声音在整个校园回荡开来。白队渐渐把红队甩在后面。

千晴接棒的时候，阿渚已经领先了十多米。于是千晴的声援歌更加势不可当。

飞吧　展开希望的翅膀

金色的小鸟哟　飞吧

飞向灿烂的明天

千晴一点点缩短同阿渚的差距。被追赶的阿渚也拼命快跑。

无边无际的大海　蓝光闪闪的飞鱼

加油　阿渚　加油　蓝色的飞鱼

“蓝色的飞鱼”和“金色的小鸟”正在步步接近。

阿凉也忘情地挥动拳头大唱特唱。

钥匙奶奶，千晴像风、像风一般奔跑！

千晴披散着头发，绕运动场跑了半圈，几乎和阿渚同时把棒递给跑第七棒的同学。

太好了！钥匙奶奶，您的声援歌，简直就是魔法！

阿凉正这么想着，阿渚和千晴相伴来到他身边。

阿渚一边擦额头的汗一边开口说：

“我和千晴成了朋友哟，知道吗？是吧？千晴！”

千晴笑着点头，定定地看着阿凉说：

“阿凉，你的声援歌太棒了，谢谢！”

阿凉害羞地低下头。

“千晴，得返回了！”

阿渚说罢，两人又并肩跑去。

阿凉心想，必须把这个消息告诉星太！

声援歌声越来越大，最后一棒也跑了过去。好像是红队快了一点点。

林老师高高举起手臂，“砰——！”终点枪声响彻蔚蓝的天空。

后　记

钥匙奶奶向主人公阿凉明确否定了特异功能（“超能力”）和占星术。这一点参考了海茵兹博士的《“超科学”批判》（特雷斯·海茵兹著，井山弘幸译，化学同人出版）。书中，博士列举大量数据，以坦诚的科学态度论证了预言、心灵术、特异功能、占星术、超心理学的虚伪性。

写这本书的时候，发生了以滥杀

无辜为目的的地铁沙林毒气事件。

这本书虽然没涉及邪教团体，但为理解那些年轻人心中潜在的反科学性提供了启示。那种隐藏于人心深处的阴险的恶魔性冲动借助宗教的名义犯下前所未有的罪行，委实令人震惊。

现在的孩子们，在应试教育、社会竞争中似乎处于近乎窒息的状态，因而把心灵术、占星术等作为减压渠道。若仅限于娱乐倒也罢了，单单好奇也算是健全的知性心理，但要对过去德岛县发生的事保持警惕——有三个小学女生因受到“寻找前世”的诱惑吃了安眠药，幸好没有致死。

于是我想通过钥匙奶奶来提醒看我的书的孩子们保持科学态度，不要受邪教的诱惑。话虽这么说，钥匙奶奶可是具有白色魔力的谜一样的主人公。这是一种矛盾，一种自我冲突，也是我的苦恼。

由于动摇人与人之间基本信赖感的沙林毒气事件的后遗症，我完全无法工作，只是一味看书。但面对电脑，我还是写得一气呵成。不管怎样，假如没有那一事件，这本书就不会诞生。

另外，这本《钥匙奶奶的魔法俱乐部》有幸得到了东京都杉并区科学教育中心茨木孝雄先生的指导，在此表示感谢！

手岛悠介